Für

Julia und Clemens

MARTINA ANSCHÜTZ

ORANGE
WIE DER
HIMMEL

KINDERGESCHICHTEN AUS EINER ARZTPRAXIS

© 2016 M. Anschütz

Illustration: **viele Kinder**
Covergestaltung:
Anna-Maria Rönsch – Rookman /studio - www.*rookman*.com
Layout: **Cerstin Schöneich**
Herstellung und Verlag:
BoD – Books on Demand, Norderstedt

ISBN: **9783741275036**

Inhalt

Orange wie der Himmel 9
Der Rufname 11
Außergewöhnliche Schilder 13
Schlechte Manieren 15
Nicht noch einer! 17
Am Lagerfeuer 19
Lösungsmittel 21
Un-erhört 23
Mein schönstes Urlaubserlebnis 25
Übertragbare Krankheiten 27
Halbe Tiere 29
Falsch gedacht 31
Mängelware 33
Ich kann schon Kerstin! 35
Schlechtes Gewissen 37
Widersprüche 39
Geduld 41
Überzogene Forderung 43
In den Urin getrieben 45
Ein interessanter Versuch 47
Das Loch 49
Poldi 51

Simple Problemlösung ... 55
Das doppelte Geheimnis ... 57
Bitte keine Füße ... 59
Sexualkunde ... 61
Augen zu beim Küssen ... 63
Selbstbewusstsein ... 65
Blitzlichter ... 67
Tolle Kartoffel ... 69
Rücksichtsloser Geistlicher ... 71
Ganz einfach ... 73
Unterschiedliche Interessen ... 75
Wunderbare Zukunft ... 77
Weitere Traumberufe für Fünfjährige ... 79
Anbetung ... 81
Das „Weh" ... 83
Wanderjahre ... 85
Der Ohrwurm ... 87
Klein und leise ... 89
Berühren verboten ... 91
Durst ... 93
Weitsicht ... 95
Sie nannten ihn Papa ... 97
Frau Lieselotte ... 99
Fernseh-Doktor ... 101
Vermeintliches Umtauschrecht ... 103
Der unsichtbare Schmerz ... 105
Wörterbuch ... 107

Wahre Schönheit..111
Der Elefant und die Lebenskunst................................113

Orange wie der Himmel

Martin ist erst drei Jahre alt, aber schon sehr interessiert. Mit großem Eifer beantwortet er unsere Testfragen und demonstriert dabei gern, dass er schon viel mehr weiß, als wir vermuten. Seine Farben differenziert er nicht einfach in „blau" und „rot", wie es altersüblich wäre, sondern in „hellblau" und „feuerwehrrot". Als wir zuletzt nach der Farbe des knallgelben Kükens fragen, das er in seinen Händen hält, strahlt Martin stolz:
„Orange wie der Himmel!"
Wir schmunzeln. Vielleicht haben wir es mit einem Romantiker zu tun, der sich gerade einen Sonnenuntergang mit orangefarbenem Himmel vorgestellt hat? Aber dann umwölkt sich sein Blick und wir erkennen, dass er die Augen auch vor den Schrecken der Realität nicht verschließt. Er hat einen grünen Holzdrachen entdeckt, auf dessen Rücken sich kleine, stumpfe Stacheln vorbuckeln. Ganz vorsichtig tippt er mit dem Zeigefinger auf die Spitze der Stacheln, bevor er uns finster zuflüstert:
„Gefährliche Haare!"

Der Rufname

Johanna absolvierte gerade alle Tests zu ihrer Vorsorgeuntersuchung mit Bravour. Sie kannte Zahlen, Farben und die Aussprache war korrekt. Offenbar hatte sie jedoch nicht vor, genauere Angaben zu ihrer Person zu machen, denn als unsere Arzthelferin sie nach ihrem Namen fragte, schwieg das Mädchen plötzlich. Auch, als die Frage wiederholt wurde, kam keine Antwort. Nun versuchte die Arzthelferin, Johanna mit Humor wieder aus der Reserve zu locken:
„Ach, ich weiß, du bist doch das Lieschen Müller, oder?", fragte sie.
Das Kind schüttelte den Kopf, verschränkte die Arme vor der Brust und schwieg weiter.
„Aber du bist doch schon so groß, du musst doch deinen Namen wissen! Wie ruft dich deine Mama denn immer?"
Und da bekamen wir unvermutet doch noch eine Auskunft:
„Stinkstiefel."

Außergewöhnliche Schilder

Katrin ist beim Sehtest sehr konzentriert und bemüht, die Zeichen und Symbole nicht nur richtig zu erkennen, sondern auch zu interpretieren. Als die Arzthelferin zum Schluss und in der kleinsten Zeile der Sehtafel noch auf ein winziges Kreuz deutet, lehnt sie sich erleichtert zurück und verkündet: „Das ist das Verkehrszeichen für die Frau Doktor."

Schlechte Manieren

Die vierjährige Lisa sitzt auf dem Schoß ihrer Mutter und verfolgt wachsam jede Bewegung unserer Arzthelferin. Obwohl wir ihr erklärt haben, dass wir heute nur schauen möchten, ob sie gesund ist und gut hören, sehen und sprechen kann, kuschelt sie sich eng an die Mama und antwortet auf keine Frage.
Alle mühsamen Kommunikationsversuche laufen ins Leere.
Als wir fast fertig sind, kommt sie offensichtlich zu dem Schluss, dass es nicht schaden kann, uns ab und an einen Wortbrocken zum Fraß vorzuwerfen. Und so antwortet sie auf die Frage, welche Töne eine Katze von sich gibt, mit einem vorsichtigen:
„Miau."
Die Helferin lobt sie und fragt weiter: „Und was sagt die Kuh?"
Wieder werden wir mit einem einsilbigen „Muh" belohnt.
„Dann weißt du doch bestimmt auch, was der Frosch macht?", forscht die Helferin.
Lisa schüttelt angewidert den Kopf und antwortet zu unserer Verblüffung im Satz:
„Na---, Frösche rülpsen!"

Nicht noch einer!

Johann langweilt sich. Mutwillig reißt er Blätter von den Bäumen und wirft sie auf den Weg. „Hey, das ist aber nicht schön. Der arme Baum hat dir doch gar nichts getan!", greift seine Mutter ein. „Komm lieber zu mir zum Kuscheln!"
Johann überlegt kurz. „Ich komm zum Kuscheln. Aber nur, wenn ich trotzdem die Blätter abhauen darf", verhandelt er.
„Nö", sagt die Mama, „darfst du nicht. Dann kuschele ich eben mit dem Papa."
Abrupt hört Johann auf zu rupfen, dreht sich erschrocken um und erklärt: „Nein! Bloß nicht! Da komm lieber *ich* zum Kuscheln." Und er fügt voller Abscheu hinzu:
„Sonst krieg ich noch einen Zwilling!"

Am Lagerfeuer

Der fünfjährige Tamino kann sich schon sehr gewählt ausdrücken. „Also das Feuer ist schön. Aber ich würde noch etwas zu trinken benötigen", erklärt er meiner Freundin. Dabei dreht er sich mit dem Glas in der Hand suchend nach einem Gesprächspartner unter den vielen Erwachsenen um. Sein Blick bleibt an mir hängen. „Schau mal, ich habe einen Feuerdrachen." Er zeigt stolz auf eine kleine Keramikfigur. „Das ist der einzige Feuerdrachen in unserem ganzen Haus!"
„Ui", staune ich, „der ist aber schön. Und auch noch der Einzige im Haus! Hast du denn ein großes Haus?"
„Ja, fünf Treppen hoch. Und wir wohnen in der vierten Wohnung."
„Wohnt da der Drache allein mit deinen Eltern und dir, oder hast du auch einen Bruder oder eine Schwester?"
„Ich hab einen Bruder *und* eine Schwester", stellt Tamino klar.
„Und sind die älter oder jünger als du?". Tamino überlegt eine Weile.
„Na, ist dein Bruder größer als du, oder kleiner?", versuche ich die Frage zu vereinfachen.
„Der ist doch schon so groß wie ein Mann!", antwortet er vorwurfsvoll.
„Also ist er größer als du", konstatiere ich.

„Der ist nicht größer", empört sich Tamino jetzt. „Der ist vor allem fauler! Der ist viel, viel fauler!" Jetzt redet er sich richtig in Rage. „Der ist so faul, dass der nicht mal den Müll runter bringt! Schon… schon… wenn der sich bücken muss nach dem Henkel von der Mülltüte, da ist der zu faul dazu!" Vor Empörung muss er dreimal Anlauf nehmen, um mir das Elend zu schildern. „Sooo faul ist der nämlich!", fasst er die Situation noch mal zusammen und seine Stimme wird dabei immer lauter. Und dann folgt der alles erklärende Satz:

„Der ist nämlich ein Ju-gend-li-cher!!"

Lösungsmittel

Inmitten der Alltagshektik hatte ich mich so verschrieben, dass ich das Vorsorgeheft nur noch mit Schere und Kleber wieder retten konnte. Während ich in meine Bastelarbeit vertieft war, griff Hanna nach dem Klebestift. Misstrauisch schnüffelte sie daran herum. Dann hellte sich ihr Blick auf und sie stellte zufrieden fest:
„Weißt du Mama, der Stift riecht genau wie meine Frau Doktor!"

Un-erhört

Während ich der Mutter die richtige Ernährung bei Durchfall erkläre, reiche ich der vierjährigen Marie einen Traubenzucker-Lolly. Sie strahlt mich an und ich glaube, ein leises „Danke" zu vernehmen. Offenbar war dies aber der aufmerksamen Mutter entgangen, denn sie unterbricht unser Gespräch, wendet sich dem Kind zu und tadelt: „Hey Marie, du musst aber auch ordentlich „Danke" sagen, wenn du etwas zu Naschen bekommst." Während ich weiter rede, kann ich sehen, wie sich über Maries Nasenwurzel eine kleine Zornesfalte bildet. Wütend über so viel Ungerechtigkeit stemmt sie ihre Fäuste in die Hüften und brüllt:
„Danke!"
Dann baut sie sich kerzengerade vor mir auf und fragt mit allen Anzeichen der Missbilligung:
„Hast du mich *jetzt* verstanden?"

Mein schönstes Urlaubserlebnis

Hannes hatte seine Eltern durch unverblümte Meinungsäußerungen und einen gewissen Hang zu trockenem Humor schon des Öfteren in Verlegenheit gebracht.

In diesem Jahr hatte die Familie ihren Urlaub in Tschechien bei einer Gastfamilie gebucht. Man hatte sich gut verstanden und die neue Freundschaft abends bei typisch tschechischem Essen und Trinken ausgiebig gefeiert. Gut gelaunt und erholt saß Hannes nach den Ferien in seiner neuen Klasse. Er hatte soeben von der Grund- in die Realschule gewechselt und die erste Stunde begann mit einem gemeinsamen Kennenlernen. Dabei sollte jedes Kind nicht nur seinen Namen nennen, sondern auch etwas aus seinen Ferien erzählen. Während Hannes gelangweilt den anderen Kindern lauschte, fiel ihm auf, dass für die meisten das Baden die Hauptattraktion ihres Urlaubs gewesen war, während er mit seinen Eltern Städte besichtigt und Freundschaften geknüpft hatte. Als er schließlich an der Reihe war, teilte er einsilbig mit, dass er in Tschechien gewesen sei. „Und was habt ihr dort schönes gemacht?", wollte die Lehrerin wissen. Seine Zusammenfassung lautete: „Na, manchmal haben wir auch gebadet. Aber meistens haben die Alten Slibowitz getrunken."

Übertragbare Krankheiten

Die Mutter hatte die vierjährige Sophie aus dem Kindergarten abgeholt, weil diese dort erbrochen hatte. Während der Untersuchung erzählte ich der Mutter, dass momentan viele Kinder an Magen-Darm-Infekten erkrankt waren. Aber die Familie hatte offenbar eine andere Theorie: „Meine Mama sagt, das liegt an dem Essen!", teilte mir Sophie mit wichtiger Mine mit. „Aber was ist mit dem Essen denn nicht in Ordnung?", erfragte ich. „Na, es gab doch Gemüse!", empörte sich Sophie. „Mit Erbsen! Und Erbsen kann ich nämlich nicht *übertragen*."

Halbe Tiere

Ferdinand ist mit seinen fünf Jahren ein sehr wortbegabtes Kind. Als er beim Sprechtest ein Bild mit Kaffeegeschirr gezeigt bekommt, stockt sein Redefluss plötzlich. Das Wort „Untertasse" will ihm in diesem Moment einfach nicht einfallen. Wie sich später heraus stellt, kann er den Begriff zwar fehlerfrei aussprechen, aber Prüfungssituationen führen eben nicht selten zu kleinen schwarzen Löchern in der Erinnerung. Nun ist sein Ehrgeiz entfacht und er gibt sich besondere Mühe. Bei der Beantwortung der übrigen Fragen will er klar stellen, dass er sich gut in der Welt auskennt. Als er gefragt wird, ob er auch Haustiere habe, legt er daher detailliert klar: „Ja. Wir haben eine Ganzdraußen- und eine Halb-draußen-Katze."
Und er fügt triumphierend hinzu:
„Und Schleifen binden kann ich auch!"

Falsch gedacht

Der vierjährige Leon fragt mich, ob ich gerade sein Herz abhorche. Tatsächlich halte ich das Stethoskop in diesem Moment auf seine linke Brustseite. Als ich anerkennend nicke, deutet er auf seinen Teddy und zeigt auf die Stelle, an der er das Bären-Herz vermutet. Dazu muss er verstehen, dass sich die linke Seite des Kuscheltieres jetzt von ihm aus gesehen rechts befindet. Und wieder ist es richtig.
„Hey", staune ich. „Du bist aber schlau. Das hätte ich nicht gedacht, dass du so etwas Schwieriges schon weißt!"
Leon schenkt mir ein strahlendes Lächeln, bevor er betont cool erklärt:
„Tja! Und *das*--- schon ziemlich lange!"

Mängelware

Der zweijährige Moritz saß neben seiner neugeborenen Schwester auf der Untersuchungsliege. Beide waren schon ausgezogen und warteten auf die Vorsorgeuntersuchung. Während ich der Mutter erklärte, dass Sarah einen kleinen Nabelbruch habe, langweilte sich Moritz sichtlich und vermisste angemessene Aufmerksamkeit gegenüber seiner Person. Schließlich schnappte er seinen Penis, zog ihn wie einen Schnipsgummi bis fast zu den Ohren und krähte vergnügt: „Da! Puller!"
Dann fiel sein Blick auf seine Schwester und er bemerkte, dass offenbar wichtige Körperteile fehlten. Anklagend zeigte er auf das Baby und fragte: „Sarah? Puller?"
Wir versuchten zu erklären, dass es an dieser Stelle geringfügige anatomische Unterschiede gibt. Moritz` Mine blieb verschlossen. Sie spiegelte Verwirrung und Unzufriedenheit wider.
In diesem Moment räkelte sich das Baby und der Nabel wölbte sich circa einen Zentimeter hervor. Moritz bemerkte es, und seine Gesichtszüge hellten sich auf. Zufrieden deutete er auf die kleine Vorwölbung und belehrte uns: „Da! Sarah-Puller!"

Fazit: Es ist eine beunruhigende Tatsache, dass bereits Mini-Männer die Bedeutung eines gewissen Körperteils so hoch bewerten, dass sie ihre weiblichen Artgenossen als Mängelexemplare erkennen und disqualifizieren.
Beruhigend indes ist, wie leicht die gleichen Männer auf Täuschungen hereinfallen.

Ich kann schon Kerstin!

„Isch kann soon Keerstin!"
Die dreijährige Nelly sieht mich erwartungsfroh an. Ich schüttele verständnislos den Kopf und frage nach: „Bitte, *was* kannst du schon?"
„Na- ich- kann- schon- *Kerstin*!" Das Kind spricht jetzt deutlicher und betont Wort für Wort, aber offenbar habe ich mich immer noch verhört.
Da Nelly bereits äußerst ungehalten wirkt, bitte ich die Mutter um Hilfe.
„Also", schmunzelt diese, „Nelly ist jetzt schon so groß, dass sie im Kindergarten in die nächstgrößere Gruppe wechseln darf. Sie ist quasi befördert worden. Nun ist sie bei Tante Kerstin und schrecklich stolz darauf."

Schlechtes Gewissen

Um Kinder zu beruhigen und abzulenken, ähnelt das Kindersprechzimmer mehr einem Spielplatz, als einer medizinischen Einrichtung. Der fünfjährige Phillip betrachtete aufmerksam zwei Zauberstäbe, die einst vom Faschingskostüm meiner Tochter übrig geblieben und zu einem wichtigen Praxisutensil geworden sind.
„Tante, was kann man damit machen?", fragte er meine Helferin.
„Damit kann man zaubern", erklärte diese. Phillips Augen leuchteten auf.
„Alles?", fragte er sicherheitshalber zurück.
„Na klar", erwiderte die Helferin, „aber nur dann, wenn man noch nie geschwindelt hat."
Phillip schwieg einen Moment finster und grübelte sichtbar über die vertrackte Situation nach.
Dann blitzte die rettende Idee in seinen Augen auf. Ganz unvermittelt streckte er seiner Mutter den Zauberstab entgegen mit den Worten:
„Da, Mama, mach du!"

Widersprüche

Charlotte war an einer Darminfektion erkrankt und sollte Diät halten. Misstrauisch folgte sie den Ernährungsempfehlungen, die ich ihrer Mutter gab. Zuletzt drückte ich ihr einen Traubenzuckerlutscher in die Hand mit dem Hinweis, dass Traubenzucker das Einzige sei, was sie im Moment naschen dürfe. Charlotte strahlte: „Jetzt hab ich auch einen Lutscher! Der Leon hat nämlich auch einen gekriegt!"
„Da hast du aber Glück gehabt", meinte die Mutter, während sie den Lutscher aus dem Papier schälte und dem Kind reichte. „Jetzt sag schön Danke zu der Frau Doktor und verabschiede dich."
Charlotte nuckelte selig vor sich hin und reagierte nicht.
„Hey, Lotte, du sollst Danke und auf Wiedersehen sagen", verlangte die Mutter erneut.
Charlotte schob den Lolly von einer Wangentasche in die andere, schmatzte zufrieden und strebte dem Ausgang zu.
„Charlotte!", insistierte die um höfliche Umgangsformen bemühte Mutter, „wenn du nicht sofort Danke sagst, dann musst du den Lutscher wieder abgeben!"
Das war zu viel. Lotte drehte sich abrupt um, stampfte zornig mit dem roten Stiefelchen auf und brüllte zu unser aller Belustigung empört:
„Aber ich darf doch mit vollem Mund nicht sprechen!"

Geduld

Anna-Lena möchte gern zum Spielplatz. Ihre Mutter hat es versprochen. Aber da ist noch die Kindergartenbescheinigung, die schnell ausgefüllt werden muss. Und der Bruder benötigt nicht nur ein Rezept, sondern soll fix auch noch abgehört werden.
Anna trippelt unruhig um die Mutter herum und hat schon dreimal gefragt, wann es endlich so weit ist. Als schließlich auch noch das Telefon klingelt und die Mama eine Ewigkeit mit dem Vater spricht, reicht es ihr.
„Mama! Wann gehen wir denn jetzt?" Sie zerrt energisch am Telefon.
„Gleich. Jetzt hab doch mal ein kleines bisschen Geduld!", versucht die Mutter zu besänftigen.
Anna-Lena findet jedoch, dass sie genug gewartet hat. Wütend baut sie sich vor ihrer Mutter auf und verkündet:
„Aber--- Geduld ist lang-wei-lig!!!"

Überzogene Forderung

Bei schnell steigenden Anforderungen ist es sinnvoll, rechtzeitig Grenzen zu setzen. Etwas in der Art hatte sich Felix wohl auch überlegt. Zunächst beantwortete er alle unsere Fragen akribisch genau und bewies dabei einen hohen Wissensstand. Als wir jedoch nach seiner Adresse fragten, blickte er uns vorwurfsvoll an und erklärte:
„Das kann ich doch noch gar nicht wissen, dass ich in der Joseph-Haydn-Straße wohne!"

In den Urin getrieben

Karl macht sich wenig aus Sozialkontakten, kann aber sehr ausdauernd und phantasievoll allein spielen, wie uns der Vater berichtete. Unlängst hatte er sich gerade sein eigenes Reich aus Bausteinen und Ritterburgen auf dem Fußboden des Kinderzimmers errichtet, als die Mutter hereingestört kam und ihn zum Einkaufen mitnehmen wollte. Karl hatte aber überhaupt keine Lust, sein Spiel aufzugeben. Schon gar nicht für einen langweiligen Einkauf. Deshalb ignorierte er die Mitteilung zunächst einfach. Aber das nützte leider wenig, denn die Mutter war bereits mit Jacke und Mütze bewaffnet, um ihn zu holen. Karls gute Laune verwandelte sich in Unmut. Als schließlich noch der Jackenärmel auf dem Fußboden schleifte und Teile seiner Festung zum Einsturz brachte, baute er sich empört vor seiner Mutter auf und schimpfte: „So Mama! Jetzt hast du mir alles uriniert!"

Ein interessanter Versuch

Kinder sind bekanntlich nie um Ausreden verlegen. Allerdings unterschätzt man ihre Kreativität dabei erheblich. So war ich nicht schlecht überrascht, als mich der sechsjährige Kevin finster musterte und nachdrücklich erklärte: „Du kannst mich nicht impfen!"
„Und warum nicht?", fragte ich nach.
„Ich bin nicht da", lautete die kurze Mitteilung.
„Aber ich kann dich doch sehen!"
Kevin verdrehte die Augen und signalisierte mit der gesamten Körpersprache: Dachte ich mir doch, dass Erwachsene selbst offenkundige Zusammenhänge nicht von allein kapieren. Trotzdem ließ er sich nach kurzem Zögern zu einer Antwort herab:
„Das bin ich nicht."
„Das ist nur mein Hologramm."

Beinahe wäre er damit durchgekommen.

Das Loch

Familie Reimann erzählte uns, dass sie sich einen Wellensittich angeschafft hatte, der zur Freude aller Familienmitglieder aufgeregt durch die gesamte Wohnung segelte. Schließlich habe sich der Vogel auf der Wohnzimmerlampe nieder gelassen - direkt über dem Kopf der kleinen Tochter. Sarah schaute nach oben und ihre Begeisterung verschwand augenblicklich.

„Mama", verkündete sie resigniert, „wir müssen den Vogel umtauschen.

Der hier hat ein Loch in der Hose."

Poldi

„Schau mal, der sieht aus wie Poldi!" Die neunjährige Rebecca stupst ihre Mutter an und deutet auf meinen Wandkalender, auf dem eine getigerte Katze im obersten Fenster einer Scheune residiert und mit sehr selbstbewusster Mine ihre Zuschauer mustert.
„Und wer ist der Poldi?", hake ich nach.
„Poldi ist doch der Fernsehkater!" Die beiden lachen, als sie mein ratloses Gesicht sehen.
Dann erzählen sie:
Also, Poldi ist der Hauskater der Familie. Er ist ein ausgeprägter Streuner und nur schwer zu halten. Deshalb trägt er ein Halsband, das neben seiner Adresse auch einen Magnetchip enthält. So kann Poldi, wann immer ihm danach ist, das Haus durch die Katzenklappe betreten oder dieses ungefragt verlassen, wenn die Wildnis ihn wieder ruft. Der Kater wirkt sehr zufrieden mit dem Arrangement und nutzt seine Freiheit ausgiebig. Trotzdem weiß er offenbar neben dem Fressnapf auch die Streicheleinheiten zu schätzen, die ihm die anderen Hausbewohner großzügig zukommen lassen. Aus diesem Grund ist er entsprechend empört, als er eines Tages das Haus leer vorfindet. Die Familie ist in den Urlaub gefahren. Natürlich nicht, ohne ihn reichlich mit Nahrung zu versorgen, aber das reicht ihm nicht.

Wenige Tage später erhält Rebekkas Mutter im Ausland einen Anruf von der Polizeiinspektion ihres Heimatortes: Eine Katze namens Poldi ist dort aufgetaucht und soll von ihren Besitzern abgeholt werden. Poldi hatte offenbar eine Vermisstenanzeige aufgeben wollen. Die Familie erklärt der Polizei, dass man den Kater nur vor die Tür zu bringen brauche. Er kenne den Heimweg und finde allein zurück. Aber so einfach ist das nicht. Poldi ist nämlich jetzt zu einem „Fundstück" geworden. Und Fundstücke darf man nicht einfach auswildern. Sie müssen abgeholt werden. Da nützt es auch nicht, dass der Anfahrtsweg aus dem Ausland für die Familie ein wenig umständlich ist. Nach mehreren langwierigen Telefonaten kann man schließlich eine Tante erreichen, die sich auf den Weg zur Polizei macht, um das Familienfundstück abzuholen. Als sie dort ankommt, thront Poldi auf einem Stuhl und genießt es, im Mittelpunkt der allgemeinen Aufmerksamkeit zu stehen.

Drei Tage lang geht alles gut. Dann kommt der nächste Anruf. Diesmal hat Poldi dem Veterinäramt einen Besuch abgestattet. Wahrscheinlich wollte er sich wegen Vernachlässigung Amtshilfe holen.

Als die Familie endlich wieder zu Hause ist, klingelt das Telefon ein drittes Mal wegen des Katers. Das Fernsehen hat von dem unternehmungslustigen Tier erfahren und möchte einen Kurzfilm über die Geschichte drehen. Poldi darf noch einmal die Polizeiinspektion aufsuchen und dieses Mal seine Familie und ein Fernsehteam mitbringen.

Und so kommt es dann, dass Poldi zum Polizeikater und Fernsehstar avanciert, während er stolz- und vermutlich mit einem leichten Grinsen- die vielen Menschen betrachtet, die sich seinetwegen in Bewegung gesetzt haben.

Simple Problemlösung

Alicia hat bald ihren vierten Geburtstag. Um sie während der Untersuchung etwas abzulenken frage ich, was sie sich denn wünsche. Unsicher blickt sie ihre Mutter an: „Mama, sag du!" „Aber nein, du kannst doch auch selbst erzählen, was du alles möchtest", hält die Mama dagegen.
Alicia überlegt, ob sie mit mir kommunizieren will. Dann, zunehmend begeisterter, folgt aber doch eine ganze Liste von Wünschen, die mit einem Schloss für ihre Puppen und einem rosa Einhorn endet.
Die Mutter schaut mich seufzend an: „So, jetzt haben Sie es gehört. Dabei weiß ich schon jetzt nicht mehr, wo ich das ganze Zeug hinstellen soll!"
Alicia wirkt jetzt verärgert. Wieso müssen Erwachsene aus den simpelsten Dingen immer wieder Probleme konstruieren? Kopfschüttelnd und mit aufrichtig genervter Stimme erteilt sie ihrer Mutter den ultimativen Rat:
„Mama! Das ist doch wirklich nicht so schwer! Stell es doch einfach auf den Fußboden!"

Das doppelte Geheimnis

„Tante, soll ich dir mal zwei Geheimnisse verraten?", fragte der fünfjährige Moritz vorsichtig. „Wenn du magst, dann gerne. Schieß los", ermunterte ihn seine Kindergärtnerin, die uns die Geschichte unlängst erzählte. „Also: Vor ein paar Wochen, da hab ich ausnahmsweise noch mal nachts ins Bett gepullert. Und dann hab ich mich einfach nackig ausgezogen und weiter geschlafen." Moritz sah erwartungsvoll auf. „Alles klar. Das kann schon mal passieren", versuchte die Kindergärtnerin zu trösten. Da Moritz sich etwas zu schämen schien, wechselte sie rasch das Thema: „Und was ist dein zweites Geheimnis?"
„Jetzt pass mal auf", flüsterte Moritz. „Mein Papa schläft nämlich auch immer nackig. Und nun überlege ich, ob der Papa vielleicht auch…?"

Bitte keine Füße

Max ist drei Jahre und noch etwas sprechfaul. Als ich das Untersuchungszimmer betrete, sitzt er in Unterwäsche auf der Liege und betrachtet mich misstrauisch: „Also Max, du hast es gleich geschafft", versuche ich ihn aufzumuntern. „Ich möchte dich bloß noch abhorchen und schauen, ob dein Rücken und deine Füße gerade sind. Dann kannst du dich schon wieder anziehen."
Max blickt mich alarmiert an und schüttelt heftig den Kopf: „Nein! Nicht Füße! Nein!"
Und bevor ich mich wundern kann, hebt er mit beiden Händen seine Fußsohle vorsichtig unter seine Nase, schnuppert ausgiebig und verkündet:
„Pfui! Stinkefüße! Käsefüße! Pfui! Nein!"
Das habe ich dann akzeptiert.

Sexualkunde

Kinder hören, sehen und merken sich vorzugsweise, was auf gar keinen Fall für sie bestimmt ist. In der Praxis überraschen uns die lieben Kleinen dann immer wieder durch das sichere Gespür für den unmöglichsten Zeitpunkt und die peinlichste Detailtreue bei der Demonstration ihres so erworbenen Wissens.
Daher war auch die Mama des vierjährigen Lars völlig überrascht, als der Besuch einer Freundin und deren Tochter eine unerwartete Wende nahm. Nach einer ausführlichen Begrüßung stürmten die beiden gleichaltrigen Kinder die Treppe hinauf in das Kinderzimmer, während es sich die Mütter bei einer Tasse Kaffee im Wohnzimmer bequem machten. Plötzlich erregte ein seltsames Tuscheln aus den oberen Räumen ihre Aufmerksamkeit. Und sie wurden Zeugen der folgenden Unterhaltung:
Lars: „Komm, ich zeig dir mal ein neues Spiel."
Clara: „Und was für eins?"
Lars: „Also, pass auf! Zuerst musst du dein T-Shirt hochziehen."
Clara: „Und jetzt?"
Lars: „Jetzt zieh ich mein T-Shirt auch hoch. Und dann musst du dich mit deinem Bauch auf meinen Bauch legen und wir müssen uns ganz lang küssen."

An dieser Stelle wurde die Spielanleitung durch zwei herbeitobende Mütter abrupt beendet. Clara lag küssend auf Lars und fand das Spiel ganz offensichtlich nicht uninteressant.
Der Mutter blieb nur die kopfschüttelnde Frage, was - wenn der Sohn mit vier Jahren schon zu derartigen Spielen tendierte - wohl passieren würde, wenn er erst älter wäre und der mühsame Versuch glaubhaft zu beteuern, dass Lars diese Szene nicht bei seinen Eltern gesehen habe.

Augen zu beim Küssen

Mitunter werden beim Arztbesuch schon im Wartezimmer grundlegende Beziehungsprobleme geklärt. So erzählte mir eine Patientin lächelnd, dass sie gerade eine sehr persönliche Beratung erhalten habe. Die fünfjährige Sabrina hatte sich vor ihr aufgebaut und sie zur Rede gestellt:
„Sag mal Tante, machst du die Augen auf oder zu, wenn du deinen Mann küsst?"
Ein bisschen überrumpelt hatte sie geantwortet:
„Hm. Da muss ich erst mal nachdenken. Ich glaube aber, ich hab die Augen auf."
„Weißt du, du kannst die Augen ruhig zu machen, wenn du *den* küsst", belehrte sie das Kind. Und es erklärte auch gleich, wieso:
„Weil - du musst den doch gar nicht mehr sehen. *Den* kennst du doch schon lange genug!"

Selbstbewusstsein

Die vierjährige Lina muss immer wieder ermuntert werden, bevor sie zögerlich unsere Fragen beantwortet und die Aufgaben bei ihrer Vorsorgeuntersuchung löst. Aber sie taut immer mehr auf und wird mutiger. Zuletzt wird sie von unserer Arzthelferin sehr gelobt: „Hey, das hast du wirklich toll gemacht. Das hätte ich am Anfang gar nicht gedacht!"
Strahlend dreht sich Lina um und entgegnet:
„Siehst du! Manche sagen nämlich auch „Toller Hecht" zu mir!"

Blitzlichter

Trunksüchtige Insekten

„Und wohin hat dich die böse Zecke gebissen?", fragen wir Tobias. Der Vierjährige runzelt die Stirn und erklärt entrüstet: „Die hat an meinem Kopf gesüffelt."

Erstaunlich

Jonathan fragt seine Großmutter: „Sag mal Oma, du hast wohl gar keine Kinder?"

Süße Liebe

Zum Abschluss der Untersuchung springt mir der fünfjährige Benjamin in die Arme, drückt mich heftig und flüstert mir ins Ohr: „Tante - ich mag dich. Dich... und Traubenzuckerlutscher!"
Natürlich hat er einen bekommen...

Schlimmes Auge

„Ich hab vielleicht was Schlimmes", verkündet Theo ernst.
Wir fragen nach.
„Na, ein schlimmes Augenproblem. Bei mir gehen die Augen nicht mehr zu, wenn ich schlafen soll!"

Tolle Kartoffel

Meine Helferin sprach die sechsjährige Nena an: „Sag mal, dich hab ich doch gestern mit deiner Mama in der Fischgaststätte gesehen! Hat es denn geschmeckt?"
Nena zuckte mit den Schultern.
„Tja", schaltete sich die Mutter ein, „dem Kellner hat sie das gestern etwas ausführlicher erklärt. Aber ich weiß nicht, ob er damit glücklicher war. Nena formulierte unverblümt:
„Also die Kartoffeln waren eigentlich ganz gut gekocht.
Nur der Fisch - der hat gar nicht geschmeckt."

Rücksichtsloser Geistlicher

Paul besucht einen christlichen Kindergarten und die Kinder hatten für das Erntedankfest ein kleines Programm eingeübt. Als er mir davon erzählte, war er immer noch ganz traurig:
„Weißt du, meine Schwester konnte nicht mit zum Konzert. Die musste noch sooo viel Schularbeiten machen und das geht in der Kirche nicht!"
Bevor ich versuchen konnte, ihn zu trösten, schaltete sich die fünfjährige Jana ein, die offenbar alles mitgehört hatte:
„Stimmt", nickte sie. „Das geht in der Kirche nicht."
Und sie erläuterte auch gleich, woran es scheitert:
„Das geht nicht, weil - da quatscht der Pfarrer nämlich immer dazwischen."

Ganz einfach

Als Vater und Sohn die Sprechstunde verlassen wollen, beginnt Sven zu quengeln:
„Du sollst mich aber tragen!"
„Ach komm", beschwichtigt der Vater ihn, „du bist doch schon fünf Jahre alt. Du kannst doch allein laufen!"
„Nein, das kann ich eben nicht", erwidert Sven ein wenig starrsinnig.
Der Vater schüttelt den Kopf: „Aber du läufst doch sonst auch immer allein, - warum denn jetzt plötzlich nicht mehr?"
Svens Erklärung ist so banal wie einleuchtend:
„Ich bin faul geworden!"

Unterschiedliche Interessen

Zwillinge können auch dann sehr verschieden sein, wenn sie äußerlich völlig identisch erscheinen. So erzählte die Mama von Ole und Sven, dass sie von ihren Söhnen nach diversen Dienstreisen immer ungestüm empfangen und ausgefragt wird. Ole, der Extrovertiertere der beiden, frage dann immer zuerst, ob und was es zu Essen gegeben habe. Der stillere Sven höre zwar aufmerksam zu, interessiere sich jedoch lediglich dafür, ob es auch ein schönes Klo gab.

Ich vermute mal, dass Sven gedanklich einfach schon einen Schritt weiter ist.

Wunderbare Zukunft

„Weißt du denn schon, was du mal werden willst?",
fragt unsere Helferin die vierjährige Lotta.
Lottas blonde Löckchen wippen nachdenklich hin und her:
„Ja. Giraffe."
Bevor wir uns wundern können, verbessert sich Lotta rasch:
„Nein. Nein- nicht Giraffe."
Dann - mit der Gewissheit eines Menschen, der endlich weiß, was er wirklich will - verkündet sie: „Ich möchte Papa werden!"
Wir schmunzeln: „Warum möchtest du denn Papa werden?"
„Weil ich da Traktor fahren kann!", platzt sie heraus.
Einen Moment bleibt es still und Lotta scheint ihre Berufswahl noch mal zu überdenken, während wir versuchen, uns das Lachen zu verbeißen. Schließlich flüstert sie kaum hörbar:
„Oder vielleicht möchte ich doch lieber eine Blume werden."
Vorsichtig und nun auch unsererseits ganz leise erkundigen wir uns:
„Und warum möchtest du eine Blume werden?"
Friedlich und verträumt lächelt uns Lotta an:
„Weil der Papa dann immer an mir riechen kann."

Weitere Traumberufe für Fünfjährige

Zur letzten Vorsorge vor dem Schulbeginn fragen wir die Kinder mitunter, ob sie schon wissen, was sie später einmal werden wollen. Meistens ist die Berufsplanung noch nicht weit fortgeschritten, aber manchmal existieren schon klare Vorstellungen:
Samu zum Beispiel möchte Bauarbeiter werden. Auch der Grund ist einleuchtend: „Weil ich bei - Bob der Baumeister - schon gelernt habe, wie alles geht."
Anna möchte Kindergärtnerin werden: „Weil alle Kinder dann auf *mich* hören müssen."
Patricks Berufswunsch ist Tiger: „Weil ich so stark bin wie ein Löwe!"
Sandra stellt sich vor, ein Känguruh zu sein: „Weil ich da ganz weit hüpfen kann und nicht immer nur blöd laufen muss."
Henrike möchte Erzieher werden: „Weil ich dann immer selbst bestimmen darf, wann ich heim gehe."
Pia sieht sich als „Ballerinin": „Weil ich da die Chance habe, tanzen zu lernen."
Als wir Jaydon fragen, was er später werden möchte, ernten wir einen verständnislosen Blick, bevor er knapp antwortet: „Na—älter!"
Und Stefan möchte Neger werden. Weil es cool ist.

Anbetung

Welche Handlungen und Gesten für Kinder interessant sind, ist für uns Erwachsene oft ein Rätsel. Häufig sind es gerade jene, denen wir kaum Bedeutung beimessen.
Als Antons Mama sein Zimmer betrat, fand sie den fünfjährigen Sohn in andächtigem Schweigen. Er hatte die Hände vor der Brust wie zum Gebet gefaltet und war ganz versunken.
Da die Familie keine stärkere Beziehung zur Religion hatte, konnte sich die Mutter die Zeremonie nicht erklären.
„Was machst du denn da?", fragte sie den Sohn erstaunt.
Die Antwort war kurz und verblüffend:
„Ich göttere!"

Das „Weh"

Franziska musste von der Oma aus dem Kindergarten abgeholt werden, weil dort eine Magen-Darm-Grippe nacheinander fast alle Kinder erwischt hatte. Trotzdem kletterte sie relativ unbeeinträchtigt und selbstbewusst auf die Untersuchungsliege und präsentierte mir ihren Bauch mit den Worten: „Krieg ich dann auch ein Gummibärchen?"
„Ich glaube nicht, dass das geht", erwiderte ich. „Mit Bauchweh darf man nämlich keine Gummibärchen naschen."
„Aber ich hab doch gar kein richtiges Bauchweh", trumpfte Franziska auf.
„Ja was ist denn dann mit deinem Bauch los?"
„Och", kam die überraschende Antwort, „da ist bloß ein kleines Heimweh drin."
Lächelnd erklärte ich ihr, dass Gummibärchen auch bei Heimweh nicht das Richtige seien. „Aber du kannst einen Traubenzuckerlutscher haben. Traubenzucker ist nämlich gut für kranke Bäuche, egal ob für Bauchweh oder Heimweh."
Franziskas Blick machte klar, dass ihr der Deal nicht lukrativ genug erschien.
„Okay", verhandelte ich, „bei Heimweh darf man sogar zwei Lutscher bekommen." „Auch drei?", ließ sich das geschäftstüchtige Kind prompt vernehmen, bevor

sich die Großmutter entsetzt einschaltete: " Franziska, du sollst doch nicht betteln!"
Das Mädchen bedachte ihre Oma mit einem vernichtenden Blick und schwieg, bis beide das Sprechzimmer verlassen hatten. Draußen jedoch bahnte sich ihr Unmut einen Weg. Sie baute sich vor meiner Arzthelferin auf und beschwerte sich über die verpasste Chance mit den Worten:
„Ich wollte drei!! Aber meine Oma ist so unfair! Sie hat mir überhaupt nicht übergeholfen!"

Wanderjahre

Die Weihnachtsferien stehen vor der Tür, als die siebenjährige Mathilda fiebrig und hustend das Sprechzimmer betritt und sehr unglücklich aussieht. „Hm, da müssen wir uns jetzt ordentlich anstrengen, damit du wieder gesund bist, wenn der Weihnachtsmann kommt", versuche ich zu trösten.
„Das ist ja noch nicht alles", wirft die Mutter bedrückt ein. „Mathilda hat in zwei Tagen auch noch Geburtstag! So kurz vor Weihnachten sind alle ihre Schulfreunde schon in den Ferien und wir haben versprochen, sie trotzdem mit einer schönen Feier zu überraschen." Die Mutter sieht jetzt noch deprimierter aus als das Kind. „Vielleicht hätte ich da mal vor sieben oder acht Jahren nachdenken oder nachrechnen sollen. So ein Stress!", seufzt sie leise.
Da umarmt Mathilda ihre Mutter und beruhigt sie: „Weißt du Mama, das ist gar nicht so schlimm. Irgendwann hab` ich im Januar Geburtstag und dann ist das mit der Feier ganz einfach."
„Wieso hast du irgendwann im Januar Geburtstag?", fragt die Mutter erstaunt.
Nun ist es an Mathilda, sich zu wundern. „Aber das hast du mir doch neulich erst erklärt! Du hast gesagt, ich habe jedes Jahr einen Tag später Geburtstag: voriges Jahr Donnerstag, dieses Jahr Freitag, nächstes

Jahr Samstag…. Und dann komme ich nämlich irgendwann im Januar raus!"

Der Ohrwurm

Ole summte immer wieder die gleichen Takte einer Melodie vor sich hin. Sein größerer Bruder fragte beiläufig: „Na, du hast wohl einen Ohrwurm?"
Ole erstarrte. Mit großen Augen stopfte er vorsichtig seinen kleinen Zeigefinger in den Gehörgang des rechten Ohres, zog ihn wieder heraus, studierte das Resultat und schlussfolgerte dann messerscharf: „Jawohl. Einen Braunen."

Klein und leise

Unseren kleinsten Kindern zeigt die Arzthelferin mitunter Tierbilder. Dann bittet sie, den Namen des Tieres zu benennen und den Tierlaut nachzuahmen. Heidi kennt sich mit ihren drei Jahren gut aus. Beim letzten Bild zögert sie:
„Ist das ein Sweinchen?" Das „Sch" kann sie noch nicht sprechen.
„Wunderbar", lobt meine Helferin. „Und wie macht das Schwein?"
Heidi grunzt kaum hörbar.
„Das war aber sehr leise", kritisiert die Mutter. Das hat die Schwester bestimmt nicht verstanden!"
Heidi guckt beleidigt bevor sie sich rechtfertigt:
„Bin doch noch ein dleines Sweinchen!"

Berühren verboten

Der knapp dreijährige Pele hat einen kleinen Bruder bekommen. Heute kommt die Mama zum ersten Mal in Begleitung des Winzlings in unsere Praxis und Pele platzt fast vor Stolz. Als aber andere Kinder sich auch für das Baby interessieren und den Kinderwagen umringen, wird es Pele zu bunt.

„Hey", maßregelt er den Jungen, der seinem Bruder am nächsten steht, „das darfst du aber nicht anfassen. Das hat meine Mama nämlich grade erst gekauft!"

Durst

Lotte besucht den evangelischen Kindergarten und begleitet ihre Eltern zum Abendmahl. Heute wird vom Pfarrer während der Zeremonie ein kleines Stück Vollkornbrot gereicht. Kinder hassen nicht selten so gesunde Dinge wie Vollkorn und auch Lotta macht da keine Ausnahme. Während sie widerwillig kaut, scheint das Brot im Mund immer mehr zu werden. Schließlich hat sie die Nase gestrichen voll von dem trockenen Zeug. Unwillig schüttelt sie den Kopf und in die Stille der feierlichen Andacht ertönt laut ihre erboste Frage:
„Und wo bleibt mein Sekt?"

Weitsicht

Wieder einmal fragen wir bei einer Vorsorgeuntersuchung ein Kind, was es denn später werden wolle.
„Arbeiter!", lautete die kurze, aber fixe Antwort.
„Aber nein!", insistierte die um die Zukunft ihres Sprösslings besorgte Mutter, „du willst doch mal Tierarzt werden!"
„Nein. Arbeiter."
Der Entschluss klang relativ endgültig.
„Und warum möchtest du gern Arbeiter werden?", erkundigte sich die Helferin.
Julius schnaufte gereizt:
„Na - Einer muss doch den Dreck weg machen!"

Sie nannten ihn Papa

Sven düste mehrmals quer durchs Wartezimmer und beobachtete die Erwachsenen.
Am meisten interessierte ihn der junge Mann gleich neben sich. Schließlich baute er sich vor ihm auf, schaute ihm fest in die Augen und fragte:
„Wie heißt du denn?"
Der junge Mann, der in eine Autozeitschrift vertieft war, antwortete nicht. Er schien zu glauben, dass das Ignorieren der Frage ausreichen würde, um dem Kind zu demonstrieren, dass eine Konversation unerwünscht war.
Sven missverstand das Schweigen gründlich und wiederholte seine Frage. Nur diesmal lauter:
„Du da, wie heißt du denn?"
Mittlerweile war für jeden gut erkennbar, dass sich der Mann unbehaglich fühlte. Bloß nicht für Sven, der seine Frage zum dritten Mal und nun noch lauter wiederholte.
In diesem Moment öffnete sich die Tür des Behandlungszimmers. Ein kleines Mädchen löste sich von der Hand ihrer Mutter, stürzte auf den jungen Mann zu und sprudelte: „Papa, Papa, das Pieksen hat gar nicht weh getan. Ich war sooo tapfer!"

Während der junge Mann das Mädchen in seine Arme nahm, trat Sven einen Schritt zurück und fasste die Situation zusammen:
„Ach so. Du heißt also Papa", nickte er zufrieden.
„Das find ich aber toll." Und dann erklärte er auch, warum:
„Mein Papa heißt nämlich auch Papa!"

Frau Lieselotte

Während ihres Urlaubs wurde meine Helferin Zeuge folgender Szene.
Eine junge Familie mit zwei kleinen Mädchen - etwa im Alter von gut einem Jahr und sechs Jahren - versuchte in Ruhe das Abendessen zu genießen, als die Kleinere von beiden zu quengeln begann: „Frau Lieselotte, Frau Lieselotte…." Dabei zerrte sie vehement am Arm ihrer Mutter.
Kurze Zeit später sah man die Mutter, wie sie in einer ruhigen Ecke im Foyer das Kind stillte.
Am nächsten Tag wiederholte sich die Szene. Offenbar war „Frau Lieselotte" das Synonym für „ich will an deine Brust".
Am dritten Tag hatte sich die Familie kaum gesetzt, als die Kleine schon wieder nach Frau Lieselotte verlangte. In diesem Moment war die Geduld der großen Schwester zu Ende:
„Jetzt ist aber mal genug!", blaffte sie die Kleinere an. „Es geht hier nicht immer nur um dich! Der Papa ist nämlich auch mal dran!"

Fernseh-Doktor

Martha lag auf meiner Untersuchungsliege und jammerte ganz schrecklich. Sie hatte hohes Fieber, Kopfschmerzen und seit dem Vortag alles erbrochen, was ihr von der Mutter liebevoll eingeflößt worden war. „Nicht einmal zehn Minuten Fernsehen wollte sie gestern Abend", erklärte die Mutter. „Dabei lief ihre Lieblings-Serie über eine Ärztin, für die der Beruf auch zugleich Leidenschaft ist!"
Das Kind hatte bereits so einen ausgeprägten Flüssigkeitsverlust, dass ich überlegen musste, es ins Krankenhaus einzuweisen. Stattdessen entschied ich mich, eine kurze Infusion in unserer Praxis anzulegen und deren Wirkung abzuwarten.
Martha hielt tapfer und klaglos ihren Arm hin und ließ sich ohne weiteres die Nadel in den Arm schieben. Sie schien zu ahnen, dass es sonst keine günstige Alternative gab.
Etwa eine halbe Stunde später hatten die Flüssigkeit sowie die Schmerz- und Fieber-Medikamente, die wir zugemischt hatten, ein kleines Wunder vollbracht. Als ich in ihr Behandlungszimmer zurückkehrte, saß Martha Beine baumelnd, schmerzfrei und gut gelaunt auf der Liege.
„Hey, das ist aber schön, dass es dir besser geht", stellte ich zufrieden fest.

„Jaaah", bestätigte das dreijährige Mädchen bevor sie mich mit tiefer Bewunderung in der Stimme fragte: „Bist *du* etwa die Ärztin aus Leidenschaft?"

Vermeintliches Umtauschrecht

Als die sechsjährige Anni ihre Mutter zum ersten Mal nach der Entbindung besucht, erlebt sie eine unangenehme Überraschung. Das winzige Bündel im Arm der Mama hat gerade eine Schreiphase und ist durch nichts zu beruhigen. Misstrauisch verfolgt Anni das Geplärr und die vielfältigen Bemühungen der Erwachsenen, das Kind zu beruhigen. Dann schaut sie sich suchend im Zimmer um, bevor sie vorsichtig fragt: "Sag mal Mama, schreien die anderen hier auch so?" Als die Mama verneint, wird Anni sehr, sehr still.
Am nächsten Tag dürfen Mutter und Baby nach Hause und werden von der Familie überschwänglich begrüßt. Nur Anni bleibt im Hintergrund und beobachtet schweigend die Szenerie. Diesmal schläft das Baby friedlich und nuckelt am Schnuller. Auch als es zum ersten Mal gefüttert wird, bleibt alles harmonisch. Ab und zu zieht der Winzling eine niedliche Grimasse, dann schläft er wieder ein. Und so kommt die große Schwester gegen Abend zu folgendem Schluss:
„Weißt du Mama, ich glaub` jetzt, dass es doch ganz gut ist, dass du *den* hier mitgebracht hast!"

Der unsichtbare Schmerz

„Hallo", begrüßt uns Lea und erklärt sofort mit leidender Mine: „Ich hab ganz dolle Bauchschmerzen:"
Dann schildert sie anschaulich das Ausmaß des Dramas:
„Ich hab nämlich immer Bauchschmerzen. Immerzu und den ganzen Tag hab ich die. Auch zu Hause und auch bei der Oma. Und auch im Kindergarten!"
Dann macht Lea eine kurze Pause bevor sie nachdenklich wiederholt:
„Also, ich hab immer Bauchschmerzen." Und fügt hinzu:
„Aber -, die im Kindergarten,- die merk ich nicht!"

Wörterbuch

Ballerinin:
(die), ganz besonders weibliche Form von Ballerina
Blasenrohr:
(das), hier braucht es etwas mehr Phantasie: gemeint ist ein Rüssel
Bodenläufer:
(der), mitlaufender Schatten
Bunkebärchen:
(die), Gummibärchen
Elefin:
(der), Elefant ohne Rüssel
Fotogenieren:
(das), nein, nicht fotografieren, sondern telefonieren
Franzschöschisch:
(das), als Wort mit drei „sch" eher schwierige Variante von „Französisch"
Gaggelpudding:
(der), Wackelpudding
Gaspetti:
(die), Spaghetti
Gehirnausbruch:
(der), Gehirnerschütterung

Gelarisch:
  (adj.), auch: „arestisch", aber eigentliche Bedeutung: allergisch
Gelbsandsteingebirge:
  (das), Elbsandsteingebirge, aber so besser vorstellbar
Giftverblutung:
  (die), Blutvergiftung
göttern:
  (verb), andere Bezeichnung für beten, aber viel anschaulicher
Komische Kuh:
  (die), hier gemeint ein Dalmatiner
Krachamellbonbon:
  (das), lautes? Karamellbonbon,
Märchenbrille:
  (die), Lesebrille, aber ausschließlich zum Vorlesen von Märchen
Masierer:
  (der), gefährliche Verwechslung, hier: Rasierer,
Mikas Eulen-Entzündung:
  (die), Mikas Mittelohrentzündung
Mummivierchen:
  (die), Gummitierchen
Pussikum:
  (das), eigentlich Antibiotikum
Rauchständer:
  (der), Schornstein
Schmeckerlind:
  (der), Schmetterling

Stockeldopf:
(der oder das), merkwürdiger Zeitvertreib Erwachsener, steht für „Doppelkopf"
urinieren:
(verb), nein, keine Blasenentleerung, hier: ruinieren
Verkältungsbad:
(das), Erkältungsbad
Wisselehn:
einprägsame Kurzfassung für „Auf Wiedersehen"

Wahre Schönheit

Der fünfjährige Paul wurde uns von seinen Eltern vorgestellt, weil er sich aus den Ferien eine schniefende Nase und Bauchschmerzen mitgebracht hatte.
„Hey, du bist aber schön braun! Wo warst du denn im Urlaub?", versuchte ich ihn abzulenken, während ich den Bauch untersuchte.
Paul dachte angestrengt nach. „Wir waren an der Ostsee", verkündete er dann.
„Und war das Wasser dort warm genug zum Baden?", wollte ich wissen.
„Nein, manchmal war es auch ein bisschen kalt. Aber dann hab` ich mich immer an der Mama gewärmt."
Die Mutter zuckte bei der Erinnerung etwas zusammen und erklärte: „Jedes Mal, wenn Paul verfroren aus dem Wasser kam, hat er sich wie eine Katze zusammen gerollt und auf meinen Bauch gelegt. Und nur auf meinen. Bei seinem Vater hat er sich das wahrscheinlich nicht getraut."
„Gar nicht wahr", protestierte Paul. „Aber dein Bauch ist viel weicher." Und mit einem geringschätzigen Blick auf den durchtrainierten Körper seines Vaters fügte er hinzu: Weißt du Mama, du kannst ruhig noch ein Stück Kuchen essen. Damit *dein* Bauch so schön weich bleibt. Und nicht so hart wird, wie der vom Papa!"

Wir sind ganz sicher: Mit dieser Einstellung wird er später mal viele Frauen glücklich machen.

Der Elefant und die Lebenskunst

„Kannst du auch ein Viereck und einen Kreis malen?", erkundigte sich unsere Arzthelferin bei dem fünfjährigen Björn.
Björn nickte kurz und begann zu zeichnen. Allerdings nicht sehr geschickt und so konnte man die geometrischen Formen nur vage erahnen.
„Hm, das sieht eher ein bisschen aus wie ein Elefant", grübelte die Helferin beim Betrachten des Bildes.
Björn begutachtete das Werk und erkannte seine Chance.
„Das *ist* ein Elefant", bestätigte er.
„Aber er hat keinen Rüssel", warf die Helferin ein.
„Rüssel kann ich nicht", kam die knappe Antwort.
„Wenn es aber keinen Rüssel hat, dann ist es doch auch kein richtiger Elefant, oder?"
„Dann ist es eben ein Elefin."
Damit war für Björn das Thema endgültig erledigt und er demonstrierte lieber stolz, wie gut er schon hüpfen konnte.

So sieht für mich Lebenskunst aus: Wenn ein Elefant außerhalb meiner Möglichkeiten liegt, mit einem Elefin zufrieden zu sein und gleichzeitig das Glück genießen, andere Sprünge machen zu können.

Dank

Mein inniger Dank gilt vielen tollen Menschen:

Zunächst meiner Freundin Cerstin Schöneich für ihre Energie, ihren Zuspruch und ihre Kreativität. Und dafür, dass sie in der Lage ist, den Computer zu domptieren - bei mir ist das leider meist umgekehrt.
Natürlich allen Kindern, Eltern, Großeltern, Tanten, Onkeln und überhaupt allen, die uns mit Geschichten und Bildern versorgt und erheitert haben. (Namen wurden selbstverständlich wieder geändert.)
Herrn Karl-Heinz Gollhardt, der unermüdlich Korrektur gelesen und mich wieder mit vielen Ratschlägen und konstruktiver Kritik unterstützt hat.
Meinen Arzthelferinnen Susanne Winter, Gabriela Mentzel und Sylvia Wallendorf, die durch ihren liebevollen und geduldigen Umgang mit unseren kleinen Patienten viele interessante Gespräche und Ideen erst heraus gelockt haben.
Den Kindern, die sich an unserem Malwettbewerb beteiligt haben, besonders Emilia Galler, Julius Gläser, Svea Jörges, Emilia Lantzsch, Paula und Franz Hommel, Michelle Meyer, Emil Neukirchner, Lenny Scholz, Greta Schwarz, Johanna Sturm und Kathy Thiem.
Allen Leserinnen und Lesern, die uns mit so vielen netten Rückmeldungen überrascht haben.
Frau Hannelore Hoffmann für wunderbare Zuarbeit.
Und Clemens und Julia, die nicht nur meine treuesten, sondern auch kritischsten Leser sind.